DE

LA PRESSE.

RÉPONSE

A M. le Secrétaire

DU GÉNÉRAL BUGEAUD.

PARIS

A. RENÉ ET Cie, IMPRIMEURS-ÉDITEURS,

RUE DE SEINE, 32.

1841

DE LA PRESSE.

RÉPONSE

A M. LE SECRÉTAIRE DU GÉNÉRAL BUGEAUD.

Une brochure vient de paraître, dans laquelle l'auteur examine la presse sous *le point de vue du pouvoir*, et décide que la presse, de sa nature *révolutionnaire*, hostile au pouvoir, doit lui être sacrifiée, et cela dans l'intérêt de tous.

Nous avouons que, malgré ce qui se voit chaque jour, nous n'avons pu nous défendre d'une certaine surprise. Nous aurions laissé passer cette brochure comme une erreur fort peu dangereuse ; mais, averti par les tendances du gouvernement, par ses forts, par ses bastilles, par ses tentatives d'empiétement sur nos municipalités, nous avons compris l'intention de ce principe et quelles conséquences on se disposait à lui faire porter. Les rapports de l'auteur avec un homme bien connu par ses idées sur la presse, le général Bugeaud, n'étaient pas propres à nous rassurer. Ils donnent presque à cette publication l'importance d'un événement. Citoyen, nous devons au pays de l'éclairer sur ce qu'on lui prépare. Averti en même temps par cette irritation, cette fermentation des esprits, qui sur tous les points de la France éclate en révolte, nous devons aussi au pouvoir, nous qui avons per.

sonnellement pour lui des souvenirs de reconnaissance, de lui dire les dangers qu'il court. Ce n'est pas la manière la plus habituelle d'exprimer ses souvenirs, mais ce n'est peut-être pas la moins utile.

Le premier crime de la presse à vos yeux, *c'est d'être née d'une révolution*, d'être une puissance révolutionnaire. *Ces deux mots signifiant tout simplement abus de la force.* Oui, Monsieur, la presse, comme tout ce qui est progrès, est fille d'une révolution; comme tout ce qui est progrès, elle a été obligée de s'installer violemment dans les affaires humaines. Non, Monsieur, révolution ne signifie pas tout simplement abus de la force. Je sais que les détails des révolutions sont horribles, affreux; il n'y a pas encore longtemps que 93 nous a légué ses sanglants souvenirs; mais ayons le courage de nous élever jusqu'à leur principe. Eh bien, ce principe, on l'a dit avant moi, est légitime; il a sa légitimité dans cette loi providentielle en vertu de laquelle le monde social marche et ne peut pas ne pas marcher vers son perfectionnement. J'ajoute que les résultats sont bienfaisants. Ce n'est pas, j'espère, notre société moderne qui, héritière de la célèbre époque, niera les bienfaits qu'elle en a reçus. Quant aux extravagances, aux crimes de toute espèce, qui forment le cortége des révolutions, qu'ils soient flétris avec leurs auteurs; mais sous ces crimes, sous ces extravagances, il y a d'immortelles vérités. Cédant à l'entraînement du cœur, ayons une généreuse pitié, une généreuse sympathie pour le pouvoir qui en est la victime; mais il n'a pas le droit d'accuser. Ou il n'a pas eu l'intelligence de son époque, ou il a été trop égoïste. Je ne veux pas faire un cours de civilisation; ouvrez l'histoire, voyez comment toutes les révolutions se terminent. Après un drame plus ou moins terrible, plus ou moins sanglant, on écrit, on consacre dans une charte des principes, des vérités qui ne demandaient pas mieux que d'arriver paisiblement en ce monde, et qu'on a forcés à recevoir un baptême de sang.

Et certes je n'admets pas qu'un gouvernement, par peur de l'émeute, doive accepter, subir toutes les réclamations des gouvernés ; car il s'exposerait à faire passer dans les lois, les mœurs, les institutions du pays, des principes pour lesquels le pays n'est pas mûr. Quand un gouvernement meurt dans une révolution, c'est un malheur sans doute ; mais ce n'est un malheur que pour lui. Qu'un gouvernement, au contraire, accepte des mains de l'opposition des principes que ni le siècle, ni le pays ne peuvent encore porter, alors les conséquences seront tout autrement graves. Je reviens à votre brochure.

Toute puissance révolutionnaire vit de lutte et de mouvement. Vous avez raison, car la lutte et le mouvement, c'est la vie ; mais ce n'est pas ce que vous voulez dire, nous verrons bien tout à l'heure. *Tout gouvernement vit de force et d'ordre.* Or il y a deux sortes de force : d'abord la force brutale, matérielle, qui n'est légitime qu'autant qu'elle sert, protége la vérité, la justice. Maintenant un gouvernement n'est, selon moi, qu'une idée civilisatrice à l'œuvre ; il n'est donc pas la force morale, la vérité par lui-même. Il n'a et ne peut avoir qu'une force d'emprunt, une force qu'il tire de son harmonie, de son identification avec les besoins du pays. De même que ce pays, à son tour, n'est puissant sur la terre qu'en raison des services par lui rendus à l'humanité, qui se sert d'un peuple comme tout peuple qui se prend au sérieux se sert de son gouvernement. *L'ordre,* c'est l'exécution rapide des décrets du pouvoir, mais à la condition que ce pouvoir ne fait point abus de son autorité, à la condition que ces décrets seront toujours en rapport avec le développement de l'idée, du principe qui l'a fondé. L'ordre, dans le cas contraire, prend un autre nom ; c'est de l'anomalie, c'est du désordre dans l'harmonie générale, « c'est quelque chose que » punit la justice divine, rendue visible dans celle des peu- » ples. »

Donc, Monsieur, le pouvoir n'est de sa nature ni force, ni ordre : il peut être l'un et l'autre, mais sous certaines conditions que vous ne dites pas. Il est vrai qu'elles contrarient votre théorie. La voici, je vous suivrai pas à pas dans tout le parallèle que vous établissez entre le gouvernement et la presse.

La presse de sa nature est incompatible avec le pouvoir. La conséquence toute *naturelle* est qu'il faut la détruire, et le pouvoir ne saurait trop se hâter, puisque la presse, toujours de sa nature, est *encore incompatible avec l'ordre.* Une petite difficulté, c'est que vous déclarez en même temps que la presse est irresponsable. Etrange naïveté dans votre bouche, l'irresponsabilité de la presse !...Mais ne venez-vous pas de nous révéler, de nous énumérer tous les périls, tous les fleaux, tous les malheurs auxquels elle nous expose ? Ne venez-vous pas de nous affirmer qu'elle est incompatible avec l'ordre ? et le monstre de l'anarchie est debout, devant nous, le voilà avec ses cent têtes. Pour parler votre langage, l'émeute, docile instrument du monstre, lui répond dans la rue ; et cependant, de quel droit toucherez-vous à la presse, couverte qu'elle est du manteau de votre inviolabilité ? De quel droit lui ferez-vous son procès ? Quels juges, quels tribunaux !!! Ne pouvant tuer la presse légalement, il reste à la détruire par la force brutale, à l'appeler en champ clos. Dans ce terrible duel au moins il y aurait encore quelque dignité pour le vaincu ; mais vous avez d'autres armes, je ne veux pas dire lesquelles : seulement nous lirons ensemble :

« Il suit de l'irresponsabilité de la presse qu'elle peut
« tomber entre toutes sortes de mains, entre celles des
« moins dignes de préférence. Ce qui fortifie ce caractère,
« c'est qu'elle se manie dans l'ombre; dès-lors, les hom-
« mes médiocres de caractère, ceux qui ont des taches
« que le grand jour ferait voir, ceux qui sont lâches, hai-
« neux, lancent par son moyen le fiel qu'ils ont distillé
« dans les ténèbres. »

Faisons de la logique, Monsieur, c'est plus difficile et
plus noble que de la calomnie. Eh quoi! la presse irresponsable, ne relevant de personne, ira se cacher dans
les ténèbres, frapper dans l'ombre? Mais d'où lui vien-
drait cette peur du grand jour, je vous prie? Non, il lui
convient, comme à l'aigle, de regarder le soleil en face:
n'est-elle pas elle-même le soleil des peuples? Avançons.
« *Il est de l'essence de la presse* d'être exploitée par des
hommes de peu de valeur, soit sous le rapport de l'esprit,
soit sous celui de la conscience. » A la bonne heure,
j'aime qu'on dise tout ce qu'on a sur le cœur. Et pour vous
prouver que je suis sans rancune, sans colère, laissons de
côté le raisonnement; vous venez de vous convaincre qu'il
vous sert assez mal...

C'est de l'histoire que vous voulez faire; faisons donc
l'historique des hommes de la presse et de ceux du pouvoir. Mais prenez-y garde, je crains que l'histoire ne donne
un démenti à vos assertions. Je crains que le portrait que
vous tracez *à priori* des hommes de la presse ne soit pre-
cisément vrai de nos hommes du pouvoir; et, s'il est logique
de juger un système d'après ses conséquences, voyez à
quelles conséquences vous poussez, et convenez qu'il serait sage au pouvoir de modérer votre zèle. Louis XVIII ne
voulait pas qu'on fût plus royaliste que le roi. Louis XVIII
ne s'entendait pas mal en politique; Talleyrand, dans un

accès de vanité, ne prophétisa-t-il pas que le royal élève ferait honneur à son maître? Pour avoir le droit de parler si à l'aise des hommes de la presse, de leur prendre d'un seul mot leur honneur, leur probité, leur conscience, il faudrait nous montrer avant tout, dans les rangs du pouvoir, des modèles de probité, de patriotisme, de désintéressement. Voyons, où sont-ils? qui sont-ils? MM. Guizot, Persil, Barthe et Mérilhou, Decazes et Pasquier?... Avez-vous d'autres noms à fournir? M. Cousin? mais il fut vertueux tant qu'il fut des nôtres, tant qu'il ne fut que dans la presse. Nous nous rappelons avec quelle religion, avec quel respect, nous écoutions le tribun français, jetant du haut de sa chaire des leçons de vertu à la jeunesse et de graves enseignements au pouvoir. Il disait de magnifiques choses sur la civilisation, parlait de ses héros, de ses martyrs, puis prenait le chemin de l'exil. Or, un jour, l'apôtre du progrès fut visité par le pouvoir, et le lendemain, sous l'hermine du pair de France, sous les titres, les émoluments, les décorations de toute espèce, il se déclarait satisfait de l'état présent du monde, *et s'y tenir.* «On s'y tiendrait à moins, » lui répondait Pierre Leroux. Peutêtre nous montrerez-vous M. Thiers avec fierté. Silence sur celui-ci; il n'a pas encore dit son dernier mot. Quels que soient ses torts, ses erreurs, il a dans la terrible puissance qui est en lui de quoi se les faire pardonner, quand et comme il le voudra. Tenez, je ne suis pas un septembriseur, tirons le rideau sur vos hommes d'Etat; il y en a trop parmi eux qui n'aiment ni le grand jour, ni l'inflexibilité de la logique. Mais ne venez pas, quand vous avez lâchement corrompu des hommes de la presse, calomnier la presse elle-même. Je puis me permettre ce langage, dont par pudeur je me serais abstenu si vous ne nous énumériez avec un rare bonheur les consciences que vous avez achetées, et les divers taux auxquels *elles se sont livrées*. Donnez de l'or et des honneurs aux renégats; faites vos affaires, c'est très bien. Mais depuis quand le corrupteur vaut-il mieux que le corrompu? Et si le premier est, plus ou au moins, aussi misérable que le second, que nous parlez-vous de vertu et de conscience? Oh! c'est grande pitié que cette prostitution, ce renversement de la morale publique. Quelle magnifique moquerie, Messieurs du pouvoir!!!..

La presse est plus digne dans la lutte; elle enseigne la foi et le dévouement aux grandes choses, et, pour travailler à son œuvre, elle exige des hommes robustes. Ne fait pas qui veut les affaires de l'humanité; c'est un honneur qu'il faut savoir payer cher. Demandez-le aux apôtres de tous les temps, de tous les siècles, aux martyrs de toutes les vérités. Et vous vous étonnez qu'à une époque misérable, à une époque de scepticisme, à une époque de honte et de douleur, quelques courages viennent à faillir! Ces jours-là, monsieur, la presse prend le deuil, mais elle n'en continue pas moins sa tâche; elle a foi en elle. Ne dites-vous pas vous-même qu'elle ne peut pas s'empêcher d'exister? Vous avez prononcé là un mot bien grave, je le recommande à vos méditations. Vous faites longue la liste de ceux que le pouvoir a corrompus, et bien des noms y manquent encore. Il nous était venu un homme avec l'autorité du talent, de la probité, une belle âme: malheureux G.....! Je tairai son nom; je l'aimais tant!... Ils nous l'ont pris à l'heure de la misère.

Quoi! après avoir enregistré de pareils actes, après avoir fait devant nous le calcul de ces honteuses dépenses, vous ne trouvez pas un mot de blâme, pas une parole d'indignation, et vous osez nous renvoyer le reproche de corruption! C'est incroyable, c'est cependant vrai.

Cent mille délégués de la presse portent la corrup-

« tion, la dissolution jusque dans les entrailles du gou-
« vernement; cette corruption s'introduit dans le foyer,
« dans l'intimité de la famille. » L'acte d'accusation se
termine ainsi. « Je n'ai pas tout dit. » Vous avez eu tort,
Monsieur, il fallait tout dire.

Pauvre presse, on t'accuse de corruption... mais avec
quoi corromprais-tu ? Tu n'as ni or, ni argent, les sueurs
du peuple ne sont pas pour toi. Tu n'as en perspective
que l'exil, les prisons, les mille et une vexations du pouvoir. Allez à Sainte-Pélagie, vous y entendrez, comme je
l'ai entendu moi-même, La Mennais ne demandant
qu'une chose, un peu plus d'air au fond de son cachot.
Si ces deux lignes lui parviennent, qu'il en accepte la
triste sympathie. Ah ! jentends : c'est par les idées que tu
émets, que tu propages. Ce reproche est pour nos adversaires le mot d'ordre et de ralliement, et cependant
ce n'est après tout qu'un luxe de déclamation dont le
moindre raisonnement fera justice. Admettez-vous que
la valeur d'une idée morale est en raison des prosélytes
que cette idée se fait ? Admettez-vous qu'une idée qui va
toujours gagnant pourrait bien être la meilleure ? donc
les progrès de la presse , dans l'opinion , déposent de la
moralitéde ses idées. Conclusion terrible , qui, au lieu
d'irriter le pouvoir, devrait bien plutôt lui inspirer de sa-
lutaires réflexions ; surtout quand ce pouvoir, né de la
presse , au jour d'orage, a solennement juré respect et
obéissance à sa mère. Un peu moins d'ingratitude ne lui
siérait pas mal. Avocat du pouvoir, pesez vos paroles et
vos conseils. Le dévouement n'est pas tout. Polignac,
Peyronnet étaient des hommes dévoués, et celui qu'ils
servaient, descendant pour une troisième et dernière fois
du palais de ses pères, est allé mourir sur une terre
étrangère. On raconte que le fils aîné du roi apprit un

jour avec attendrissement que ce jeune Henri, que nous avions accueilli avec ivresse, avec enthousiasme, se tournait quelquefois vers la France, les yeux en pleurs. Félicitons le duc d'Orléans sur cette émotion de l'âme ; mais la leçon est bonne, qu'elle lui serve ; elle a le mérite de l'à-propos. C'est par de semblables calomnies contre la presse, que la restauration irritée, prenant conseil d'un zèle maladroit, commit, avec de bonnes intentions, la faute que vous savez.

« Vous jetez les yeux sur l'histoire, et vous ne trouvez « qu'un exemple de puissance comparable à celle de la « presse. C'est celle de l'organisation catholique. La « presse a employé, comme moyens de propagande, les « mêmes moyens que la religion catholique. »

Maintenant que vous abandonnez le fond pour la forme, je me bornerai à vous demander s'il y a de la moralité, oui ou non, dans ses moyens. Si oui, que signifie ce parallèle, quel est son but, son intention ? si non, faites les procès à la religion catholique, et nous entendrons, vous et moi, un magnifique plaidoyer auquel je vous laisserai le périlleux honneur de répondre. Il n'y a qu'une différence, ajoutez-vous, entre la religion et la presse : c'est que *l'une est d'ordre, et l'autre de révolution.* Oui, la religion catholique c'est de l'ordre ; mais pour cela, il faut nous élever au-dessus de l'idée que vous avez attachée à ce mot. C'est parce qu'elle est éminemment morale. Mais, ne vous en déplaise, elle est aussi de révolution ; elle a *chassé* Jupiter, elle a *brûlé* plus d'un dieu. Ecoutez un de ses évêques les plus saints : *baisse* la tête, fier Sicambre, *adore* ce que tu as *brûlé*, et *brûle ce que tu as adoré.* Ne se félicite-t-elle pas, n'a-t-elle pas lieu de se féliciter d'avoir métamorphosé et le monde moral et le monde politique ?

Je ne comprends pas pourquoi vous avez tant de bonheur à dire du mal du principe révolutionnaire. Car, s'il est mauvais, il ne peut donner que de mauvais résultats, qu'on ne peut détruire assez vite. Attendez : j'imagine qu'aucun pouvoir, pas même le pouvoir actuel, n'adoptera vos conclusions. Elles sont trop logiques. D'ailleurs, en vertu de quoi, avec quoi détruiriez-vous? Quelle confiance aurons-nous dans ce que vous nous donnerez, puisque tout changement, toute révolution n'est ni plus ni moins qu'une œuvre criminelle, un criminel abus de la force? N'est-ce pas que le cas est assez embarrassant?

Vous faites mener bien joyeuse vie aux hommes de la presse ; je vous en demande bien pardon, mais leur vie n'est joyeuse que sous votre plume. Les heureux habitués du Café de Paris, de l'Opéra, des Italiens, ne sont pas, ne peuvent pas être les représentants de la presse. A une forte tâche des hommes forts : c'est dans le rude travail de la réflexion, c'est dans la méditation du présent et du passé que se forgent de pareils hommes. Pardon encore, monsieur, ce travail tue vite. Il y a bien peu de jours encore que Garnier-Pagès est descendu dans la tombe.

Il est vrai qu'à certaines heures, dans certains lieux, se rassemblent d'aimables causeurs, de charmants compagnons du plaisir. C'est notre littérature en gants jaunes, vrais dandys de la presse ; car, de même que la société, la presse a ses dandys, *excellents jeunes gens*, comme vous dites, qui se contentent d'avoir de l'esprit après un verre de champagne. Passons-leur cette satisfaction ; elle est bien inoffensive, je vous assure, au point de vue qui nous occupe.

Arrivons à un autre ordre d'idées. Après avoir dénaturé la presse dans son caractère propre, dans le caractère des hommes qui *l'exploitent*, il vous reste à la juger dans ses rapports avec le pouvoir.

« Les principes sur lesquels reposent le gouvernement
« et la presse sont antipathiques l'un à l'autre; entre eux
« il ne peut y avoir que guerre. » Je nie cette double pro-
position. Sans doute, souvent, trop souvent, le pouvoir
et la presse sont hostiles, mais vous avez le tort d'aller
trop vite, de prendre pour une antipathie, une haine né-
cessaire, ce qui n'est que l'exagération de leurs droits,
la conséquence outrée de leur mission respective. Je
m'explique. J'ai défini le gouvernement une idée civilisatrice à l'œuvre. Or, la civilisation a du chemin à faire
depuis qu'elle marche dans le monde; elle n'a pas pris
souvent, il ne serait pas bon qu'elle prît souvent des jours
de repos. Chaque pas qu'elle fait est un empiétement
sur les priviléges, une restitution aux classes qui se sen-
tent la force de vivre et méritent de vivre d'une manière
plus conforme à la dignité de l'homme. Mais les hommes
d'abnégation sont rares, ce sont de belles exceptions. Il
arrive que le pouvoir, sollicité par les douceurs de la vie,
est assez disposé à mettre la société au repos, à consa-
crer par la force les joies et les jouissances acquises. Le
philosophe que vous savez a eu le courage de nous ren-
seigner là-dessus. Le devoir de la presse est alors de
prendre la parole, de rappeler au pouvoir comment et
pourquoi il est là. Le gouvernement et la presse sont
deux puissances au service de la civilisation; elles ont été
mises en présence pour se surveiller, s'empêcher réci-
proquement de tomber dans des excès nuisibles aux in-
térêts de l'humanité. Remarquez que le gouvernement
et la presse sont immédiatement punis des excès qu'ils
commettent. Preuve évidente que tous deux ne sont que
des mandataires bien ou mal traités par l'esprit de l'é-
poque dont ils tiennent leur pouvoir. Vous voyez que je
ne conclus pas, moi, à l'irresponsabilité de la presse : elle

est responsable autant et au même titre que le pouvoir, mais pas au vis-à-vis de lui. Il faut à la presse une entière liberté d'action ; quand cette liberté devient licence, le bon sens des masses en fait justice, et le gouvernement doit accepter le jugement des masses. Le gouvernement et la presse ne sont donc point antipathiques l'un à l'autre, ils ne sont donc point irréconciliables, puisque tous deux sont les chargés d'affaires d'une même puissance, de cette puissance qu'on nomme esprit dans chaque peuple, qui vit, se développe en lui, en fait une unité, et qui *interrogé* qui il *est, répond : France* ou *Italie*.

Il y a entre eux cette différence : c'est qu'infidèles à leur mission, ils peuvent l'un arrêter, l'autre précipiter la marche des choses. Comment avec cela voulez-vous que je vous accorde « que l'alliance momentanée qui « pourrait réunir la presse et le gouvernement, se- « rait fatale à ce dernier, » quand au contraire cette alliance serait la chose du monde la plus désirable, la plus utile au gouvernement et à l'humanité. Elle serait un progrès pour l'humanité, et pour le pouvoir force et appui. Si le gouvernement protége une idée grande, généreuse, elle s'établit sans secousse, comme une coutume du passé que l'amour des pères lègue au respect des enfants ; que si vous luttez, que si, vous cramponnant aux douceurs du pouvoir, vous reculez devant les améliorations possibles que réclame la loi du progrès, c'en est fait de vous : vous comprimez pour un temps, mais vous ne pourrez détruire dans le cœur de l'homme la connaissance et le vouloir de ses droits. Comment pouvez-vous écrire que « l'accord du gouvernement et de la « presse prouve que l'un s'éloigne de son principe ? » Encore un coup, relevant de la même puissance, au service de la même idée, il implique qu'ils n'aient pas même principe et même but. Encore un coup, l'hostilité ne vient que de l'exagération de leurs droits, exagération qui, comme toute faute politique, reçoit un châtiment matériel.

Un homme d'Etat ne se trompe donc pas, malgré le dogmatisme de votre assertion, quand il essaie d'allier ces deux choses. Il se trompe si peu que c'est là l'idéal de la politique.

Pour en approcher à quelques degrés, il faut des hommes qui aient une haute intelligence des besoins de l'époque, et dont l'égoïsme ne fasse pas les convictions. Je n'insiste pas, puisque vous prenez la peine de vous réfuter vous-même quand, rappelant la révolution de juillet, vous nous dites que le pouvoir nouveau rallia dès l'abord la presque totalité des suffrages. Oui, après le combat des trois jours, Paris, et avec Paris la France, s'était donné sans peur, sans arrière-pensée, que dis-je? avec enthousiasme, au duc qui lui donnait le programme de l'Hôtel-de-Ville. Mais avec votre théorie ne faites pas de ces aveux-là. Consentez à devoir quelque chose au bon sens public.

Vous accusez la presse d'avoir détruit ce bon accord, cette heureuse harmonie. Vous l'accusez « d'assassiner le pouvoir chaque matin, » Je ne réponds pas à cela ; M. Thiers s'en charge pour moi. « La presse peut être illimitée sans « danger. Il n'y a que la vérité de redoutable. Le faux est « impuissant, il n'y a pas de gouvernement qui ait péri par le « mensonge. » Donc, monsieur, quand un gouvernement périt sous la presse, il meurt sous la vérité, il meurt justement. Et c'est M. Thiers qui le prouve.

« Les principes que vous avez posés vous conduisent « à des conclusions forcées, » à celle-ci entre autres : « S'il y a opposition bien nette, bien tranchée entre le

« gouvernement et la presse, il faut avoir confiance dans
« le gouvernement, il est dans ses voies. » C'est dommage
que vous soyez en contradiction avec les faits, avec de
terribles catastrophes. Un homme qui se fait écouter en
politique a pensé qu'il faut laisser les théories pour ce
qu'elles valent, et accepter l'autorité des faits. Mais ce
qu'il y a de pis pour vous, c'est que vous êtes en contradiction avec vous-même. Je lis, page 10 : « Le cabinet eut
« le courage de déclarer à la presse une guerre franche
« et hardie, il tomba. Deux révolutions ministérielles, où le
« *pouvoir s'affaiblit* encore, eurent pour conséquences de
« fortifier la presse. » Avouez que le gouvernement n'est
pas heureux dans *ses voies;* il lui serait tout aussi avanta-
geux de périr par d'autres que de se sauver par celles-là.

Vous êtes assez indisposé contre la Chambre des députés qui *« reçoit assez généralement ses inspirations de la
« presse, »* et cependant en cela elle ne me paraît pas trop
mal raisonner. De qui voudriez-vous qu'elle les reçût?
N'est-ce pas la presse qui fait et défait les membres de
cette chambre ? L'influence des députés dans la chambre,
dans le pays, n'est-elle pas en raison de leur adhésion
plus ou moins complète aux idées de la presse? La
Chambre des pairs prend ses inspirations à une autre
source ; elle ne raisonne pas mal non plus. Ces messieurs
ne doivent-ils pas au pouvoir leur toge et leur hermine ?
A propos des chambres, une question toute courte et
toute simple. Les députés sont les mandataires du pays;
or depuis 1830 le pouvoir, lui aussi, se dit avec orgueil
mandataire de ce même pays. Pourquoi donc les atten-
tats contre le pouvoir ne sont-ils pas déférés à la Chambre des députés? cela s'appellerait, ce me semble, être
jugé par ses pairs.

Nous ne pousserons pas plus loin l'examen de votre

théorie. Voyons ce que vous nous donnerez dans la pratique. Reprochant à la presse « de n'avoir que des idées de « peu de consistance, sophistiques, paradoxales, comme « cela arrive pour ceux qui ne subissent pas immédiate- « ment le contrôle de l'application, » vous avez dû faire subir aux vôtres la pierre de touche. Il est à regretter que vous n'ayez pas jugé à propos d'énumérer toutes les armes au moyen desquelles le pouvoir peut à coup sûr donner la mort à l'ennemi que vous combattez ; le pouvoir le regrettera d'autant plus qu'il n'osera pas se fier à celles dont vous voulez bien lui fournir le modèle.

Le plus important de vos conseils, le seul qui ait une portée politique, se résume en ceci : « Augmenter dans une grande proportion les difficultés de parvenir aux emplois. » C'est parfait, mais votre oligarchie vient trop tard. Aujourd'hui elle n'est ni plus ni moins qu'un anachronisme ; et comme dans la vie d'un individu chaque âge à ses goûts, ses besoins, dont l'ordre ne s'interrompt jamais, de même dans la vie d'un peuple, chaque époque, chaque siècle, a ses idées, ses nécessités, sa raison d'être, et chaque époque se doit à elle-même, se doit aux idées qu'elle représente, et non pas au pouvoir qu'elle trouve sur son chemin ; en fait, un siècle n'a de nom dans l'histoire qu'autant qu'il a posé son moi, sa personnalité ; qu'il s'est fait reconnaître.

Terminons par vos conclusions favorites : « Il ne doit « y avoir rien de commun entre le pouvoir et la presse ; « il y aura deux régions : l'une élevée, calme, majes- « tueuse, etc... ce sera celle du pouvoir ; l'autre fié- « vreuse, incessamment agitée, où l'on vague dans de « basses latitudes, etc... ce sera celle de la presse. Celle « d'en haut n'abaissera jamais les yeux sur celle d'en-

« bas ; au-dessus de ses outrages, elle ne se souviendra de
« son existence que pour la *mépriser.* »

On craint, Monsieur, mais on ne *méprise* pas ce qui est
plus fort que soi. Et vous écrivez dans la même page que
tout rapprochement entre le pouvoir et la presse se fait
au profit de la dernière, en vertu de cet axiome, qu'on
ne peut toucher à ce qui est plus *fort* que soi, sans le gran-
dir. Quand on a pour ses adversaires aussi peu d'égards
que vous en témoignez, il ne faudrait pas au moins perdre
aussi facilement le fil de ses idées. Mais nous avons déjà
été généreux avec vous, nous le serons encore, la géné-
rosité sied à la force.

Vous doutez qu'il y ait jamais en France un gouvernement capable de se conduire d'après vos idées. Mais cet
aveu seul suffirait pour faire douter de leur vérité. Un
principe qui ne peut pas trouver de représentant est jugé
au moins pour et par l'époque dans laquelle il doit faire
son avénement ; et comme le vôtre n'est autre chose que
la consécration du despotisme, comme avec lui tout est
honneur et profit, quoique vous vous plaigniez que les
hommes de dévouement deviennent rares, vous en trou-
veriez encore plus d'un par le temps qui court. Le pouvoir, j'en ai grand' peur, prendra la liberté de ne suivre
aucun de vos conseils ; demandez-lui si c'est la volonté
qui lui manque.

Je ne veux pas m'ériger, il ne me convient pas de m'é-
riger en conseiller du pouvoir, mais si j'avais l'oreille de
nos gouvernants, je commencerais par être de votre avis,
par leur dire : « Oui, il faut en finir avec la presse, avec
» cette puissance qui enfin s'est installée dans le monde et
» a conquis le droit de régner, non pas avec, mais sur
» nous. » Mes moyens seraient différents des vôtres ; je
vous les dirai plus tard.   T. D. B.

IMPRIMERIE DE RÉAL ET COMP.,
Rue de Seine, 32.

www.ingramcontent.com/pod-product-compliance
Lightning Source LLC
LaVergne TN
LVHW050246030726
842520LV00006B/2213